王寅

低温下的美

U0330149

华东师范大学出版社
– 上海 –

图书在版编目（CIP）数据

低温下的美/王寅著.—上海：华东师范大学出版社，2022
ISBN 978-7-5760-2726-6

Ⅰ.①低… Ⅱ.①王… Ⅲ.①诗集–中国–当代
Ⅳ.①I227

中国版本图书馆CIP数据核字（2022）第049178号

低温下的美

著　　者　王　寅
策划编辑　许　静　彭　伦
责任编辑　陈　斌
责任校对　时东明
装帧设计　姚　荣
内文摄影　王　寅

出版发行　华东师范大学出版社
社　　址　上海市中山北路3663号　邮编 200062
网　　址　www.ecnupress.com.cn
电　　话　021-60821666　行政传真 021-62572105
客服电话　021-62865537　门市（邮购）电话 021-62869887
地　　址　上海市中山北路3663号华东师范大学校内先锋路口
网　　店　http://hdsdcbs.tmall.com

印 刷 者　上海中华商务联合印刷有限公司
开　　本　889毫米×1194毫米　1/32
印　　张　5.75
字　　数　106千字
版　　次　2023年1月第1版
印　　次　2023年1月第1次
书　　号　ISBN 978-7-5760-2726-6
定　　价　55.00元

出 版 人　王　焰

（如发现本版图书有印订质量问题，请寄回本社客服中心调换或电话021-62865537联系）

献给我的母亲傅小珠

低温下的美

卑尔根国际文学节

想起一部捷克电影但想不起片名

鹅卵石街道湿漉漉的

布拉格湿漉漉的

公园拐角上姑娘吻了你

你的眼睛一眨不眨

后来面对枪口也是这样

党卫军雨衣反穿

像光亮的皮大衣

三轮摩托驶过

你和朋友们倒下的时候

雨还在下

我看见一滴雨水和另一滴雨水

在电线上追逐

最后掉到鹅卵石路上

我想起你

嘴唇动了动

没有人看见

1983

朗　诵

我不是一个可以把诗篇朗诵得

使每一个人掉泪的人

但我能够用我的话

感动我周围的蓝色墙壁

我走上舞台的时候，听众是

黑色的鸟，翅膀就垫在

打开了的红皮笔记本和手帕上

这我每天早晨都看见了

谢谢大家

谢谢大家冬天仍然爱一个诗人

1984

午　后

秋天的午后这样好
阳光像草坪柔软地在我的纸上铺展
难以相信会有夜晚
会有篝火，会有人哀悼星星陨落

你坐在对面
书本的天蓝色封面露出
额角苍白
阳光在指缝中变得鲜红

我爱这个午后
于是吃完一个桔子
就坐在这里
你在我对面

而人们在我身边
在书页里
在大街上
闪闪烁烁

1983

马

我的马在雨中独自回家
它的毛色像我满布伤痕的右手
我的马双目微闭
迈着细步回家

我喝着酒，隔着酒馆的长窗
只能看到它瘦削的侧面
它正在回家，像我沉默时一样低着头
但远比我像个绅士

而我要远行，两眼通红
坐在酒液乱流的桌旁
看着我的马
在雨中独自回家

1987.6.7

英国人

英国人幽默有余

大腹便便有余

做岛民有余

英国人那时候造军舰有余

留长鬃角扛毛瑟枪有余

打印度人打中国人有余

英国人草场有余

海洋有余

罗宾汉有余鲁滨逊有余

英国人现在泰晤士河里沉船有余

海德公园铁栏有余

催泪弹罢工有余

英国人塞巴斯蒂安·科的长腿有余

列侬的长发有余

戴安娜公主的婚礼长裙有余

英国人也就是行车靠左有余

也就是伦敦浓雾有余

也就是英国人有余有余有余

1983

——

塞巴斯蒂安·科（Sebastian Coe, 1956-），英国中跑运动员，创造了中跑所有项目的世界纪录，第22、23届奥运会1500米冠军、800米亚军。

开花的手杖

你把一个男人写给他爱人的诗
念给我听，而我又听得
这样入神
这表明战争结束了
而不是又有什么正在重新开始

风已经小了，鸟收拢翅膀
我仍在倾听
听着什么仍在发黑
仍在月下航行

新鲜的空气像一杯冰水
雪人在北方的天际下
如同星辰
闪闪发光

1983

巴塞罗那，2019

流水走过无数地方
风从水面掠过
好像鸟的叫声

情　人

我们到海上了，亲爱的

岸上的灯火已经熄灭

海马的笛声婉转悠扬

我们到海上了

我打开你的盒子

把你撒下去

小块的你

比粉末更慢更慢地

在水面上斜斜地落下去

我把你全都撒下去了

你使海水微微发红

你使海洋平静了

如同你活着时

午夜的雪降落在

展开的手上

我把天空给你了

把海洋也给你了

都给你了　都给你了

我把装你的盒子

藏入怀中

我把我装入你的盒中

我在你的梦里了

1987

一点小伤

受伤不在当时在于其后在于其后的所有时间
在于一遍遍地回答一个个问题
一遍遍地跟在一个个人后面上下楼梯
一遍遍地揭开一层层创布
这就是一点小伤　黑色吊扇吹拂下的一点小伤
一点小伤　红色的蓝色的紫色的一点小伤
一点小伤　伤在其后
一点小伤躺在床上膝头不能弯曲梦想
草地郁金香　还有褐色的
蝴蝶　一阵微风之后　它们也孤独了也念
一首诗　一阵微风之后　爱睡的都睡了
一点小伤　一点小伤　睡觉而非死亡
受伤也是一种生活
躺着度过这个下午真的一点不坏

1983

你告诉了我死者的形象

你告诉了我死者的形象
你的眼睛
还闪烁着六月早晨的光芒
我注视着你，搓着手
还能说什么呢
每个人都有各自的忧伤时刻
我们去了五公里以外的墓地
谁也没有说话
值得庆幸的不是我们活着
而是指缝里
只剩下一个星期的冬天
冬天也是一个季节，夜晚
我们都穿着黑颜色的棉袄
围着火炉

1982.3

红色旅馆

我死后，我死了

以后，你看他们就在我的书架上
随随便便地翻着
看看我的藏书

你看他们就在弹烟灰的时候
吐出一两句笑话
扯扯竖起的风衣领子

你看我待在一个黑色的小匣子
一本黑色的诗集
一颗黑色的行星里
陌生而且寒冷

你看他们这样自然地用
手枪敲打这黑的颜色

最初的几秒钟是寂静的
你看房门被风打开
你看他们所有的白色眼睛贴着绿墙倒塌

你看他们的血沾在靴子上

然后再被踏在地板上

1983

华尔特·惠特曼

他正在我的前院劈柴

他应该有声响

就像阳光那样

我得眯起眼睛看他

他应该有声响

不是含糊地咀嚼一片烟叶

或者蝴蝶

调羹或者碟子

落在路易斯安那州的某一棵橡树下

他应该有声响

劈柴最好

他应该有声响

站在我的前院劈柴叮叮当当

就像阳光那样

洁白而且傲慢

我们都眯起眼睛看他

1983、

———

华尔特·惠特曼（Walt Whitman，1819 – 1892），美国诗人。

罗伯特·卡巴

一个战地摄影记者对我说
雨停了
真的，我们从拐角的餐厅出来
雨停了
只是有了风

但是湄公河三角洲却一直在下雨
三周以后他就死在那儿
死在黑色的雨季
他的脸上从没有伤痕
没有
最后倒在芭蕉树下的时候
也没有
他的左手像握着自己的右手优美地
握着照相机
一片暗绿色的树叶柔软地
在黑皮靴黑夹克上闪耀

当我和他从餐厅出来
雨后的天上
有一块深褐色的斑点

像卡巴夹克衫上的纽扣

不过我们谁也没有说

1983

——

罗伯特·卡巴（Robert Capa, 1913-1954),《生活》杂志摄影记者，
战地摄影师。1954 年在印度支那触雷身亡。

照　片

他的头发全白了

他正把一只干净的玻璃杯

送到嘴边

大理石桌面上还有一双手

他的什么人的洁白的手

还有一束鲜花

傍晚的风把他的头发

吹得有点乱了

他还记得自己是个

士兵腿上有那么几处叮当响的弹片

说完他把玻璃杯送到嘴边

大前天我还梦见他打死了一头豹子

就待在非洲的河里洗澡又黑又老

现在他只是一张照片

扁平地夹在书里

像一枝红色的三叶草

在白色砖瓦堆积的书架玻璃拉门后面

悄无声息

只有这次风把他的头发吹乱了

1983

我们如此成功

我们如此成功

跨越阳台栏杆跨越鸟巢

只是撩一下衣服下摆

我们如此成功

从高高的跳台上落下

跳伞的尼龙里层一片黑暗

我们如此成功

北半球的太阳

刚刚照亮大大小小的冰山

我们如此成功

如此成功地登上这月球般荒凉的表面

诗人加里·施奈德

坐在那条山路的尽头

天色微明看不清

他是不是还留着络腮胡子

他脱下鞋子倒出一些沙子

马上有一阵风

也吹起他的头发

乌鸦的头发

月球上的风也敲打鼓点

有风并没有什么

只是突然感到

人生来就是一种动物

1984

———

加里·施奈德（Gary Snyder，1930–），美国诗人。

与诗人勃莱一夕谈

夜色中的草很深

很久没有人迹

很久没有想起你了

你的孤立的下巴闪烁

像天上那颗红色的星

除了夜晚还得在深草中静坐

交叠手指

以便忘记黎明来临

忘记已告别书本多年

一匹白马迎面而来，一只白蝴蝶

踏过虫声萤光

1984

——

罗伯特·勃莱（Robert Bly, 1926-2021），美国诗人。

一个人从半空中落下

他会看见什么

鹰的碎片

晒黑了的河流

蓝色的火山群

着火的汽车

白石阶梯犹如闪光的屋脊

广场　他最终要死在那里的广场

广场上远远瞧着他的

一大群白的灰的鸽子

也可能是孩子

在此之前他们也这样瞧着

一个人从半空中掉落下来

一粒石子　掉落下来

你问问他

他又能看见什么

1984

初　春

你在车站的月台上被捕了
你只能站着，不能回头
你说对了，她不该来送你
她现在正在市中心的电影院里
看一部新片子
你按他们说的张开大衣
张开细长的手臂
他们的手铐像闪亮的钥匙
他们帮你提起手提箱
轿车穿过市区，你坐在后座上
道路阻塞，电影散场了
你坐在后座上，你不会逃跑
你看着她走出人群
又走进人群，为什么要逃跑？
她真是独一无二

1985

纪　事

成熟的散文，早餐的夹肉面包
一些穿戴漂亮的女人坐在身边
镜子的桌面映出些许光滑无比的天才

愤怒的诗是另一码事
就像悲剧中的青年主角，一身黑色衣裤
像阳光照耀下的斜雨
头顶一方蓝手帕，跑过空无一人的大街

1986

芬兰的诗

走进他的居室
他们在背光的侧面
抬起头看你一眼
深色背景上的微笑
像北方的蓝色月亮
她们和她们的丈夫
继续埋头于书稿
桦树皮的香味
猫也看着你
竖琴像一丛向日葵
书籍洁净而无灰尘
冰块的气息
流水走过无数地方
风从水面掠过
好像鸟的叫声
她们惊异的眼睛
闪烁一丝光芒
像器皿，像牙齿
冰岸树上落下的羽毛

1986

手　套

遗忘的往往是手套
飞走的不是鸟

手套的指头是破的
像我的手
（我有手的时候）

手的形状，树枝的形状
翱翔的形状，有风流过

手指是破的
永远追不上自己的房屋

遗忘的不仅仅是手套
破损的手套里有一口旧皮箱

1985

继 续

后面的渠道

牧场收缩了

树更多一些

海洋

更近

诗已很少寒冷

死亡，应更愉快应有更多的

琐事，譬如

中午短暂的一觉

就像斜挂的船帆

如我在你梦中

悬垂倒挂，和衣而眠

从你的穿衣镜中

出现，我的百年之愿

如同蓝色的海葵

站满手帕、书、桌子

和树根周围的波浪

1987

水

有很长一段时间什么也没有发生
有很长一段时间河水看着我的脸

河水是句子
和你一起沿着夜晚的河岸散步走过铁桥
最后一次默默地看水
因为无言，因为形同独自一人
因为这时候可以看见自己想些什么

看水，因为不知道时间，因为水向下流去
像我们的脚步，因为水向下流去不会再流回来

看水，成为一种特殊物质
但我们饮水不是为了成为水，不是立即
水使我手指柔软品质坚定

看水，是因为我想干些什么
而工作是有限的，休息是无限的

这时候，水像阳光一样闪闪发光像爱人的头发
水有倾泻而下的声音

水有一种以上的颜色
水把我和你隔开在城市两边
水是句子

水经常从天花板从墙上流过
我展开的手掌上也有流水有痕迹
水像风

水里看不见红色的马看不见黑色的马夫

梦里常感到焦渴，太阳斜照下来
井里没有水

南方的河流不会封冻
水没有门，如果我不想死
我不会死

水是清澈的
水中有鱼，而鱼是没有声带的
没有一封信用水写成

在黑暗的地方
水就是灯

水果里有水，书和草木
我们的身体里也有水

石头也有流动的时候
我们已不看远方的绵绵群山
水平静的时候
像一把椅子一条街道一片天空

我映照你，映照水

只有睡在水上才没有痕迹
才会平稳得像水下的船航行

最后一天我从铁桥上下来
河水是句子
他们的流逝使我安心
生活要有条不紊，从容不迫
他们去的地方我是不能去的

1987

冬　日

它默默无语
雨斜靠在房屋之外

杯子停止旋转
无色的酒对面而坐
似一种眼白

一只水罐，一丛黄花
气息轻盈

灯光飘移不定
完整易逝
像块开裂的波斯地毯

渐近岁暮，我加紧工作
如一只无声的蝉

1985

新德里，2011

漂亮的世界自行旋转

犹如树叶飘落

我们感觉到它的速度

却无法将它停止

致梁晓明

如同又在列车的车厢中不期而遇

如同一片阳光移向另一片阳光

如同我们各自的马聆听月色消溶

如同窗外升起一株盛开的梨树

如同切开了的松果和完整的松果香气弥漫

如同我无法松开我的头发你已开始旋舞

如同房屋的后背总是空的

如同所有的镜子都有裂缝

如同我变成一个影子你也变成一个影子

在同一张纸上
你的手放在我的手边

1986

诗之五

事物使你也使我受了伤
我们倒地如雪

我们的历史
犹如冰川的最初几页

我们的手
接触绿叶成为诗歌

膝盖在梧桐树下
也是绝妙的篇章

1984

诗之七

教堂衣裙

摩擦椅子的声音沙沙

树叶沙沙

神的呼吸沙沙

亲吻时的鼻息只有一座钟

叮当作响

人们上下楼梯叮叮当当

走出花园沙沙

白人的炮弹叮当

花瓣震落

我的爱人扶着我轻轻倒下

白人们把异常激动的弹壳

退出炮膛叮当

钟又要响了沙沙

十字架的阴影雪白

1984

电影音乐

一部电影

可以也应该

让一个女孩子躺着，枕头歪在一旁

我从很远的地方回来

头发纷乱

我拉住你的手

满眼泪花

一只没有削完的苹果

掉在地上

但是现在不行，不

八四年不行

一部好的电影，一本好书，一首好诗

都应该是这样

打开第一页，你就走出来，从高高的地方

来到我身边

我们坐着，静静地削完那只苹果

听听他们带来的这段

电影音乐

1985

日　历

硝烟过后，一阵硝烟过后

无可避免地想到

战争中没有回来的人们

河水从石头上流过

他们的手被绿色的葡萄藤蔓

覆盖

他们的头发仍然是柔软的乌黑的

如果他们也有爱人

爱人们仍然爱着他们

仍然像每天早晨那样

用手抚摸他们的头发

或者让手指停留在头发里

他们的脸仍然冰冷而且

有点苍白

这里为什么不是一条河流呢

一切都消失了

她们躺在二楼潮湿的地板上

钟摆的声音像河水

像河水

像河水从石头上流过

1984

你进入我的生活

你进入我的生活
就是进入我的房间
我的椅子我桌上的纸
就是进入我的一分为二的面包
一分为二的苹果
就是进入我的头发我的嘴唇
就是进入我手臂环抱的空气
就是进入我的寂寞
我的石头我的光荣
以及我的无言可告的岁月

你进入我的生活
就是进入我的生命

1983

河水冻结了

河水冻结了，一只凝固的鱼眼
降落在对岸的直升机
卷起黄色的尘烟
灰色的栅栏钉着许多长长的钉子

直到你走出后舱
我的眼睛也没有睁开

星群从高空走过
发出流水的声音

你切完面包
用雪水洗着餐刀

未熄的篝火中
一颗火星撞上你的膝头

你看见我泪流满面
你头发上的玻璃碎屑
充满柔情

1986

倾斜而上的土坡

倾斜而上的土坡
树叶倾斜地
长向同一个方向

我们坐过的船
船头包着铁皮
漆成冷色停在岸上

孤灯、雨、蓝色的虫子
有靠垫的椅子
断臂和破碎的心

这一切，还有我们
和书中的人物
都可怕地相似

更可怕的是我们的故事
已被拍成电影
已无两善之间

宇宙的奥妙尽在核桃之中

我们则只在核桃之外

螺旋梯又把我们带回原处

1985

水静止的时候

水静止的时候，血
仍在奔流
我们居于其上
就像灯塔起伏飘荡
我们的声音靠他们点燃
也靠他们熄灭

1987

手松开了

手松开了
笔
掉在纸上

它仍然在写
没有我
它也能行

可以回到冬天里去了
种树
免得被自己吃掉

何必阻拦呢
死
就不要像任何一片花瓣

1983

25 号

这张桌子瘦得像条长街

你待在那一头

街的尽头

寒冷地嗑着瓜子

夜晚更黑了

没有人等你

桌子就像一条街很长

你在那一头尽头

鸟从我的头上飞过去

树叶落下来

这夜晚这夜晚

一定有人轻轻地抚摸

一只猫的脊背

1983

忧　郁

不安是马鞍的形状
背后没有波浪
我们过分匆忙的时候
手指弯曲的时候
一般而言
已非骑手

黑夜像雨
但我们都没有被淋湿
白天对你和我都更亲近
你在夏天的桌上沉沉入睡
我把一杯水放在你的边上
你将沿河跋涉
你将平静如初

而我在另一间屋子里
把每一只杯子都灌满水
像摘下一个个透明的果实
整个下午就干这个
让水等待我们
等待绿色的书

等待大个鲸鱼喷出的花的藤蔓

水会等待我们

我们会先于水而干涸

1986

音 乐

从一首诗到另一首诗不是终点
从这一颗星球到那一颗微尘并不常见
阳光和石头流下山坡，眼睛
斜视也在所难免

拍手击掌，我的每一个愉快动作
每剥一只桔子
每一条在轮渡背后出现的
流畅航迹

都像流水歌唱，都像你的微笑
从树叶上从沙子里
生长出来

1986

一度是幻想

一度是幻想
一度是激情

有时比近海昏暗
有时比今天累
有时比风更细微
有时比我的思绪流得更远
有时比火焰冰冷
有时比一生漫长
有时比五月更明媚
有时比屋顶上的琴声更高

有时比泪水更难以把握

1987

大陆新村 9 号

上海的冬天

难得有雪

他写过的五个夜晚

又悄然回来

像五个女人

温柔地飘落在他的肩头

他闭上双眼，合上手

一棵树又一棵树

静静地静静地

落满了雪

安然熟睡

长夜漫漫长夜漫漫

漫漫

1985

———

上海山阴路大陆新村 9 号为鲁迅故居。

ES OF MY HORSE ARE

细步回家

KS WITH SMALL STEP

花卉的时间

摄影：王犁

说多了就是威胁

说多了就是威胁，朋友
但是，不要忘记笑
不要忘记毛病总在车轮中
不要忽略难以避免的同行的忧伤
不要让破损的友谊
像桌上的水迹那样消隐

说吧，保持无可替代的嫉妒
用这只手去征服
另一只同样激烈的手

抛向空中的分币必须有正反两面
亲爱的朋友，说多了就是威胁
说对了，就是死亡

1991.6.24

送斧子的人来了

送斧子的人来了
斧子来了

低飞的绳索
缓缓下降的砖瓦木屑
在光荣中颤栗

送斧子的人来了
斧子的微笑
一如四季的轮转
岁月的肌肤
抹得油亮

被绳索锁住的呜咽
穿过恐惧
终于切开夜晚的镜面

送斧子的人来了
斧子的歌曲中断在它的使命中

送斧子的人来了

我们的头来了

1991.9.4

和幽灵在一起的夏日

和幽灵在一起的夏日
阳光沐浴着悲伤的色彩
预言的自行车
陪伴着先人种植已久的城镇

英雄极度过剩
度量破坏殆尽
日常事件痛苦不堪
礼仪麻木不仁

主要的河流和次要的海水
近乎梦幻般地交融
太多的神祇
已使季节几成谎言

疯狂的睡莲在黎明开放
木桨柔软如同蝶翅
和夏日在一起的幽灵
狂跳的心不再忧虑

1991.10.22

大师的一瞬

你所称道的大师
你所描绘的隐秘抄本
你所惊讶的一切
僵硬的花园
迷失的涌泉
回廊中残存的陌生灵魂
阴郁而狂暴的面具
用大师的甜蜜嗓音
昼伏夜行

你送来长鞭
希望我们知道得更多
你的狂喜犹如正为恐惧
所洗刷的罪恶

你的无穷诱惑
你的神醉心迷
是大师精彩的一瞬

1991.8.1

上海，2020

苏醒只是长久的犹豫

珍　藏

这就是我分享的犹豫
早晨的波浪
幽禁的芬芳
依然甚于不朽的黑暗

这就是相像的鸟群
鸟所期望的天堂
天堂里的我们
散发出骸骨的气息

这就是岁月的岁月
终结的朝露
每一个飞逝的隐喻
停泊在致命的月光下

1991.9

寂静的大事

晴朗的双手，粗糙的花边
穷人的大事多么寂静
责任又多么重要

机杼有效地进取或退避
时间被反复地延迟
青春横跨阴影
花冠转向北方
难以想象的薄暮
在风雪里冻结

顺从无休无止
羞辱无人知晓
唯有灵魂的幸福融化时
我们彼此相知的肉体
才是动人心弦的表达

1991.12.1

鹈　鹕

顺着昨天和今天的潮水
我们正在靠近那只鹈鹕
向前倾斜的身影
比划艇的尖端更早地触及
沉浸在水里的黄色尖喙
和鸟翅下深藏的黑暗

我们尽可能近地靠近那只
鹈鹕，它却已腾空而起
水面上响起利器跌倒的声音

木桨在膝上滴下的水珠
割开阳光粗大的颗粒
在它离去之后
在失去寂静的寂静之中
仿佛解冻的灵魂
我们缓缓苏醒

1990

乌　鸦

穿着黑衣，在夏天的下午
在沿河的山坡上疾走如飞
河水在左边的卵石之间
耀眼如冰

一群乌鸦也沿河而上
绕着树林呀呀飞舞
它们肥硕的身体贴近水面
仿佛争抢一具腐尸

我想起此刻家人正在喝茶
阳光斜照到宁静的桌上
温暖着我的扶手
如同我仍然坐在那儿

天黑之后，除了那些不会徒然逝去的生命
阳光，河水，乌鸦激动的面容
和穿黑衣的我
依旧继续奔忙

1990

往　事

能够讲述战争的人
都已死去
（滚烫的石头在水里冷却）
他们和那些伟大的遥远年代合而为一
会吹口琴的人都已死去
指点森林的人对变化充满忧虑

丝绢上的诗无人解读
水洒洒在铁轨上
幻觉的马车连接破碎的瓷片
寒星的手进入流萤的位置

1990

我亲爱的畜生

> 哦，我亲爱的畜生
> ——夸西莫多

乞灵于夏季的狗

一生孱弱的狗

谦卑的狗

疯疯癫癫的狗

大师一生啧啧称奇的狗

长眉遮目的狗

沉默无语的狗

往事幽灵的狗

来吧，幽灵

追随我，直过山城

来吧，我亲爱的畜生

沾上一脚血污

做我敢做敢当的仆从

1990.9

————

萨瓦多尔·夸西莫多（Salvatore Quasimodo，1901-1968），意
大利诗人。

齿上的星光

晕眩的肉体
在放逐中惊醒
齿上的星光
驱散守候已久的烈焰

美丽无比的春天
依然在音乐中流亡
这循环不已的想象
这年轻诗歌的
全部秘密和踌躇

来自死者
来自雪的耳环
和无敌的黑暗

1991.8.2

花　园

两个花园犹如一面镜子

犹如我们共同读一首诗

用牙齿撕开鲭鱼皮

用手指指点面包那与众不同的内心

犹如引用记忆中的地名

同时倾注碗中的卵石

犹如扇动空气

使手中的两个骰子摇摆不止

犹如列车被迫驶入水中

犹如两本有插图的书

重返山上的书架

犹如一面反射睡眠光泽的镜子

犹如一首有关竖琴散步的乐曲

犹如永恒的艰难时代

两个花园犹如两个早晨

犹如我们苏醒时

稍纵即逝的不安神情

1990

风　暴

风暴将临的呼吸隐约可闻

飞蝇压弯草茎

门窗不再来回拍打

咖啡颤抖着

托盘上冰凉的瓷杯更加洁白

已无所谓什么征兆

风暴就是一切

凡是命运的赐予

我都毫不畏惧

而他对我殷勤的回报

却永无回答

风暴折断的翅膀

遍布胆汁的颜色

生死依然模糊不清

唯有无言的祈祷

发自内心

1991.10.2

生　平

我的心决不会告诉我

——莱奥帕尔迪

我的心决不会告诉我

而你，我亲爱的朋友

你的传记

是我最宝贵的镜子

哀伤委婉的修辞

是你的轻声细语

是来自诗歌的意志和柔情

我那屡犯错误的眼睛

像你一样再次湿润

同样并非它们最后的过失

在一生中最关键的春天

在那些只有云雀升空的道路上

失败的余烬尚在燃烧

痛苦中已了无困惑

为人向往的生平

都在尚未打开的书中

我的朋友，我的心

为什么还要说些什么

1991.10.14

——

贾科莫·莱奥帕尔迪（Giacomo Leopardi，1798-1837），意大利
诗人。

秋　天

阳光出现在并非假日的日子里
阳光来自人们离去的方向
黯然神伤的苍蝇
在同样疲惫的田野上
彳亍而行

衰弱的事物，二流的日用品
穷奢极欲，巧言令色
假发像风车那样旋转
热血在头皮下奔腾
插翅的雪即将来临

最先得以进入墓穴的
往往是已发芽的栗色种子
在一扇节制的门前
他们停下
整理衣冠

1991.10.23

崩溃停止了

局部的疾病　废弃的雨丝
炽热的远景阴影绚丽
枕在双手上的头脑无声无息

被迫的孤寂　加倍的安宁
仅有的幸福有别于
全部的自由

阴郁的岁月分崩离析
脆弱的力量依然是勇气
牺牲已使悲痛失去了浮华

阳光来自一片长眠的树叶
我的眼睛正在适应光明

1991.11.25

挪威峡湾，2011

昏睡的我漂泊在海鸟的寂静中

无用的诗歌

紧握着松软的石头

撒旦的琼浆

这一杯杯酒为什么而举起

这激昂的歌声为什么而唱

（为盛宴、为历史、为动荡的前夜）

这华丽的手是为谁把盏

这戴半截羊皮手套的手

又是谁的使者

还有那些执马鞭的手

柏拉图主义者的手

日理牛粪的手

背叛者的手

为什么而聚集

（为乞丐、为鲜花、为美人的疾病）

隐蔽的松明即将点燃

太阳已经裂成落花

他们多么勇敢

任由美酒割开干渴的喉咙

吞食着暴力和柔情

变成火、变成水

就像撒旦的血、撒旦的琼浆

（醒一醒吧，撒旦，我的兄弟

盛宴已散，你的杰作已就）

1991.12.27

回忆诺瓦利斯

回忆诺瓦利斯
回到我采集诗歌种子的地方
他的春天像上帝一样年轻
像上帝一样赤脚而来
衬衣裹着号角
露珠和着草叶

不仅是时间，不仅是潮汐
这沾满灰尘的市区
这无花的世界
同样使我如同被风雨抓住的衣襟
久久地回忆黑暗中的盐粒和
生命中的生命

1991

——

诺瓦利斯（Novalis，1772-1801），德国诗人。

神　赐

你将如何感谢落日，天才
你将如何看待这些政治的玫瑰
这些毫无主见的春天

你将如何倾听时针的暴动
如何应付纸中的火
城市之下汹涌的河流

袖中的幻景
越过了合理的界限
病人的目光和旗帜的狂笑
这样相似
承诺如此虚假
隐秘如此迅捷

忧伤的头骨，夏日的心
悲痛的芬芳，还有
天河那边孩子们的哭声

你又将如何才能回答

1992.2

冬　天

下降了的冬天
隐藏在脚下
而流浪者依然向前
每当疲倦不堪时
它们再度升起，盘旋
并且像母亲那样
深情地覆盖我们
和我们已经空了的草鞋

1992.3

谁是命运需要的儿子

谁是命运需要的儿子
谁是冷水，冰冷的泪水
黑暗的旧房子
反叛的密码

谁是青春的主人
谁是阴郁的短刀
有限的供词
疲劳的阴谋

谁是罂粟的记忆
谁是废墟的皮肤
时针的手指
白昼的嘴唇

谁，谁，谁是催人入眠的骨骸
疼痛的臼齿
谁是末日之环
谁是命运需要的儿子

1993

夏日的肌肤

夏日的肌肤寂静如同蜂蜜

闲置的银镯泛起青光

持续不断的喷泉

使我的笔记洁净无瑕

偶尔一瞥的末日光芒

眼神比暮色更柔和

灵魂像眼睑低低地垂着

记忆虽死犹生

尽管感伤已经平息

美依然使我焦虑不安

1991.12.28

远离海滩的人们

盛夏闪亮的空气

将煤灰吹向海面

无法康复的肢体

沙土掩埋的船骸

被遗忘的千万个工作日

无人观看的大海上

长久地闪耀着

英雄的悲哀

1993

白痴之歌

我的名字并不重要
重要的是海水已经发红
冰块已经用尽
命运终于得到确认
流亡又有了原型

我的名字并不重要
重要的是优秀的南方
鲜明的色调
夜以继日的弱点
悄然无声

我的名字并不重要
重要的是必须在回音中
挑选一个声音
重要的是眼睛已经准备好了
血已经准备好了

1992

漂亮的世界

漂亮的世界自行旋转
犹如树叶飘落
我们感觉到它的速度
却无法将它停止

轻柔的投影布满躯体
这是光芒，也是迷雾
这是缠绕灵魂的旗帜
也是冷酷的超度

1991.11.23

缅 怀

你要我缅怀什么
我能说的很多很多

玻璃球里诗的风暴
餐巾旁永恒的杰作
深邃的唯一的黑暗
黑暗中的猛虎和情人的头发

因为我无法看到
人们也不去谈论
它们只在过去发生
永远不会近在手边出现

这些，这一切我都曾
满怀热望，孜孜以求
如今它们都成了
我的尾随之物

你要我缅怀什么
我能说的很多很多
除了缅怀这个词

和一杯热茶

1990

我站在我的门前

我站在我的门前
眺望黎明
叹息如同呼唤
激情，令人心碎

残酷的正面
燃烧的边缘
镜中的自画像
女巫的命运之箱

欢乐永远是这样徒劳
犹如不断落到唇上的雪花
疲惫的目光该怎样
回答温柔的祝福

痛苦替代着凄楚
这一生已经太过冗长
我站在我的门前
眺望数不胜数的黎明

1992.1.15

我们之中有谁可安慰他人

我们之中有谁可安慰他人
——内莉·萨克斯

我们之中有谁可安慰他人

又有谁安慰我们因恐惧而颤抖的手

沾满颜料的手

追逐着睡眠的衣料纤维

我用白色的药汁

清洗死亡

一遍又一遍

清洗死亡的腑脏和

死亡的脚趾

用离愁别绪的扳手

旋小死亡的鸟语

死亡，只有死亡

一遍又一遍地

清洗着死里逃生的

死亡

1991.7

———

内莉·萨克斯（Nelly Sachs，1888-1970），德语犹太裔诗人。

我的前生是一个补鞋匠

我的前生是一个补鞋匠

他的户籍在城市登记簿某一页的最后一行

我所有的情欲和幻想

全部来自他长年衔住铁钉而变得黝黑的嘴唇

这嘴唇犹如泥土之下麦子黑暗的根部

他探出地窖的双眼

天天盯住来来往往的皮鞋和马靴

想象着裙裾之中温暖的小腿

我的前生，像个业余哲学家

在贴近地面的地方更多地听到宇宙的声音

听到空洞如何吞噬潮汐

听到飓风如何毁灭村庄

我的前生是一个补鞋匠

我常常在百货公司的玻璃窗上看到他的笑容

他越过如此多拥挤的灵魂向我微笑

他留给我的不是银面具

而是乌黑的头发和发动机般有力的双手

他是我珍藏中的一双干手爪

是未兑现的彩票号码

是向着星辰的一声凄厉狞笑

革命曾使他惊醒

但又很快被不朽的皇帝砍去头颅

他在盘子里湿淋淋的脑袋

只能任由野狗舔尽脸上的雨水

我的前生是一个补鞋匠

我最大的压抑是不让他知道

我对他怀有无限的自豪和仇恨

我的臭不可闻的前生

肩扛手提从活人脚上剥下的一串串鞋子

将他的秘密断断续续地传授给我

他每一次伪造他远离尘世的死亡

他的嘴里就会掉下一枚铁钉

我只得锁在屋子里从窗帘后面

看他被愤怒的醉汉和主妇追逐

我的前生是一个补鞋匠

他的裁缝朋友今天依然是裁缝

慈眉善目的花匠依然是花匠

但他们在各自的大理石浴缸里

像威严的贵族那样腰背笔直

手臂平举，远远地端详早晨的报纸

只有我成了诗人，在一个早晨

尾随夏日的火星，乘坐一辆无轨电车驶向闹市中心
我的身边，城市中勤劳的人们
从倾斜的缺口进入这片明亮干净的低地

1993

春天诗歌音乐剧场

摄影：王犁

飞往多雨的边境

飞往多雨的边境

波音 757 以僵硬的姿态

在飞行中获得休息

纸制的幻象和我并排坐着

观看一场两小时的电影

蓝色的空姐递上冰镇的可乐

果冻在锡箔纸里微微颤抖

机翼赤裸着骨头

宁静的引擎喋喋不休

我所不熟悉的风在舷窗外撕扯着什么

钉在水面上的钉子继承着忧虑和不安

我脚下的某处，载货卡车满载着铁矿石

排成长长的行列

是子夜，也是凌晨

月亮向我们转身而去

不安的碗，精致闪亮的表面

满含怀乡的幸福

哭泣停止了疼痛

这犹豫如此长久

几乎纠缠了我的一生

垃圾场上空的浮云

弯曲下垂的星辰

和我一起

飞往多雨的边境

2004

白色的海洋

白色的海洋穿过黎明的医院

裸露的玻璃尚有余温

我躺在潮湿的人行道上

水泥地面像镜子一样冰冷，城市

在我的脊柱之下

无声无息地运行

在悲伤的底层

不是夜晚又能是什么

我的沉睡唤作沉睡

我的哭泣是所有的哭泣

抒情的润滑剂

打开谎言的盖子

宇宙这样易朽

青春无可怀疑

白色的海洋穿过黎明的医院

轻盈的钢铁叙述着

锈蚀已久的夏天

2003

生活无法交换

生活无法交换，你羡慕

我们清贫的生活

白桌布上，清水满瓶

这多么像哀愁，天然铸就

我们蹲在角落里，你站在房间中央

我的四壁出色地映出我们的背影

如同一张未来的合影

例行的苦难就这样毁了我们

你心满意足时，会像

挑剔的警察那样皱起鼻子

你的赞美，你的微笑

残留在这乌托邦的下午

我每天的号码

每天的面包，每天的羹汤

每天都有伤心的勇气，

所以我已拱手交出陌生的近作

把鲜血留给清晨

把风暴交给平生

2002

花卉的时间

花卉的时间，玻璃的黑夜
冰冷的骨殖清晰可见
太阳割下的碎片正在返回
无瞳的双眼缓缓睁开

灵魂总有栖身之所
在茂盛的黑暗深处
像一株麦穗，逃亡者倚住
窄窄的梯子，悄无声息地生长

午夜的钟声如泣如诉
沙粒低低地跳跃
今夜又是不绝的黑暗
城市在我的身边静寂无声

2002

我敬仰作于暮年的诗篇

我敬仰作于暮年的诗篇
我崇拜黑暗的力量
我热爱那些随风而去的灵魂
和英雄们罪恶的呼吸

等待受戮的皮肤变白了
没有什么能阻挡记忆
正如没有什么可以阻挡
明镜陪伴的余生

每天告别一项内容
飞逝的季节，归途的神经
把老年人培养成温顺的孩子
和上帝一起独自飞翔

暮年，最后的日子
昂贵秋天中的一块丝绢
疾风改变了无香的芬芳
也改变了悲剧的方向

2003

芝加哥，2007

你的赞美，你的微笑
残留在这乌托邦的下午

灰光灯

这声音里有阳光
这骨头里有歌声
这灯光里有透明的空隙
这红裙里有雨
这舞蹈里有血

不是八月，不必如此寡言
不是深秋，不必像海洋那样不住地叹息
暮色盛开的花朵
蝴蝶为露水所湿
如同天堂的眼睛

1998

秋天的气味

雨水落到嘴唇上，仿佛消毒药水在漫延

刚刚浇铸过的柏油马路

水泥护栏变得苍白干燥

焚烧树叶和报纸的烟雾

沿着车厢内壁飘浮的面包芳香迎面而来

地狱和天堂的气味就是这样只是一线之隔

书页的气味，蠹虫的气味

猫贴近火炉，皮毛烤焦的气味

手指上的墨痕，在竹篮里腐烂的水果皮

香水在河堤下流淌

骤暗的天空挥发着酒精

明亮而坚韧的蛛网颤抖着横过河道

一根电话线通向我的城市

社区的心脏弥漫着煤气的臭味

雨水照亮的屋顶是唯一的来信

空巷映照着月光

秋天凋落的头发

悄悄落到抽屉的深处

2002

没有爱情的日子

没有爱情的日子
我躺在无帆的桅杆下
我的身边坐满我的祖先
若有所思的灰色大海
缓缓注满透明的杯子

昏睡的我漂泊在海鸟的寂静中
无用的诗歌
紧握着松软的石头
冬天的伤口
为柔弱的玫瑰所缝补
疲倦的手指贴近临水的星辰
袖中的风暴犹如感伤的水银

遥远的幸福像一把尖刀
无休止地割着我的脚跟

1992.2.23

闲人街上的虱子

闲人街上的虱子
就像食饼的疯子，肉体格外轻盈
在倾斜的暴风雨中
踮着脚走过门外的回廊
像革命，像新闻
它告诉我命运的秘密
它的声音震撼我的耳膜

脸上贴着金箔
在瓷盘上反复交叉着前腿
悠闲地吞云吐雾
闲人街上的虱子
它的一生就是一种象征
它最后漂浮在咖啡杯中的时候
行将溺死的青年的脸
闪现诡谲的笑容
跟随着这盛满阳光的方舟驶向天堂

这启迪我的生物，我唯一的教师
从来是沉默的石头
但却有着至高无上的命运

1999

也许还有缺陷

也许还有缺陷

也许还有春天

乌鸦的舌头忧虑地醒着

墓中的狗开始腐烂

恐惧未曾稍减

革命沉入暮色

词语颠覆着，破坏说服着

一再延长的生命雕琢着死亡

有了一种青春

必然有另一种青春

有一次苏醒

就会有下一次长眠

酒越来越凉

水越来越热

贫穷的晚餐徒具形式

解药躲闪着赴死的目光

2003

忧郁赞美诗

祖国肖像，没有名字的相框

就像爱情沉默不语

玫瑰的矿物，痛饮着没有酒精的风雪

日照左右着生活的尊严

适度的死亡后面

思想之虫尘土飞扬

祖国肖像，多么忧郁的唇齿

满含泪水的时间，遮蔽了穿越闪电的病舟

祖国肖像下的诗人们

思想者的彼岸

咏叹之后，已不会诉说告别和平安

祖国，半空中的肖像

你的过去

是受伤的疲倦神经

是一只被埋葬的鼻子

2004

最近七年

最近七年，严寒统一了边境
白色烧灼着我的生活
癫狂的盐粒，死在贵族的杯中

白天的火光，免疫的失落
活着的面包，活着的清水
送给我无法给予自己的部分

雾霭的背后，怀疑不可胜数
激情的尺度无所事事
雨水中的街巷变幻形体
混乱的城市充满苟活的毅力

2001

时光旷费得太多了

太多，太多，太多了
时光旷费得太多了
光明太多了，太靠近大脑了
白痴的激情和血肉
如同快乐唯一的拷贝，叙述颠倒了

太紧张了，这牙齿
这水，这月光
太悲伤了，就像蛇
就像死者，穿过鱼群的时候
看见公园的反光

太肮脏了，昨天下午，今天早晨
沉睡的旧宅依然是旧宅
苏醒只是长久的犹豫
是的，苟活在安逸中

错误的理由太多了
时光旷费得太多了
太多，太多，太多了

2000

终于有了昨日

终于有了昨日
终于有了愤怒
梦境终于有了核心
命运终于像一种日常生活
今天和今夜终于紧紧地葬在一起

已故的青春
已故的青春之论
暴风角多么像一只倾斜的杯子
傍晚的镜子不再把我描绘成幽灵
洗尽了的世界对我一无用处
缄默的石头，我的教师
温柔的才华
遵从着早已安排停当的命运
遵循这愤怒的预言
开始这无法结束的远征

我，我们，我们这多变的时代
星辰跟随着各自的神祇
转动着颈项

2001

你是一座雾中的机场

你是一座雾中的机场
你的大腿为我的灵魂导航
你的嘴唇，我的眼睛
我们的旗语永远是沉默的海洋

你是一座低语的教堂
你的舞蹈割开黑色的露水
我是双脚赤裸的修士
乘坐木船穿过午夜的心脏

你是一座不眠的铁矿
你的嘴唇是我炽热的麦片
我的眼睛是你忧愁的火焰
我的手睡在你的手上

2006

芒草的尺度

摄影：吴文涛

此刻无须知晓生死

星光暗着，却看得清
你闪亮的嘴唇和眼睛
你一手抱着膝盖，一手
端着咖啡，等待水温变凉

我倚靠着熟睡的石头，听着
不安的蝉鸣掠过你的脊背
就像看你在雨后潮湿的
窄巷里艰难地倒车

也许揉皱的衣服应该再熨一下
也许应该再次拨动夏季的时针
咖啡杯里荡漾的图案
是你我无法预设的结局

这世界已经坏得无以复加，我们
只是侥幸在这空隙短暂停留
此刻无须知晓生死
只有走廊里的灯光依然灿烂

2011.6.25

低温下的美

巴黎已经令我心生厌倦

能请你把音乐关了吗？

能让这屋子里只剩下黑暗吗？

请让我闭上双眼

放过这些无助的夜晚

让我能够听得到你起伏的呼吸

下午的天空突然变暗

海面突然有了阴影

所以，并不一定是在雨天

你才会在手心缓缓

转动这只黑色的杯子

你需要同一种颜色

只是黑色，就像这药片的底色

你让我接受了我的脆弱

我明白你担忧的黑夜是什么颜色

是什么颜色？

是这样的颜色吗？

是这些吗？

是吗？

是吗？

"六月，播种向日葵的季节

尼斯的向日葵还埋藏在地下……"

纽约的来信只有只言片语

原来七月才是开始

我远离祖国，远离盛夏

也远离了你，巴黎

已经令我心生厌倦

2013

昨夜下着今天的大雨
冰冷的天赋一样美丽
城市此刻隐含着悲伤
琴匣里留下了玻璃的灰烬

飞艇的命名一再延迟
我依然不知道声音的颜色
一定要走到世界的尽头
天使的泪水才会模糊了大海

嘴唇下的秘密贴紧狂风
不是钥匙，也不是火焰
不是星光里的羞怯，更不是
今夜下到明天的大雨

2011.2.22

晚年来得太晚了

晚年来得太晚了
在不缺少酒的时候
已经找不到杯子，夜晚
再也没有了葡萄的颜色

十月的向日葵是昏迷的雨滴
也是燃烧的绸缎
放大了颗粒的时间
装满黑夜的相册

漂浮的草帽遮盖着
隐名埋姓的风景
生命里的怕、毛衣下的痛
风暴聚集了残余的灵魂

晚年来得太晚了
我继续遵循爱与死的预言
一如我的心早就
习惯了可耻的忧伤

2011.6.6

上海，2020

午夜的钟声如泣如诉
沙粒低低地跳跃
今夜又是不绝的黑暗
城市在我的身边静寂无声

幽暗中的人弹着吉他

幽暗中的人弹着吉他
吟唱的是红色的花朵
也许是郊外摇曳的罂粟
也许是另一种不知名的花

有松树的庭院，黎明时分
落满松果，孔雀在花园里踱步
一把黑伞一顶帽子
沉在水池底部

午夜的雪花从桥下涌起
漫过头顶，升上星空
它们从高处俯瞰城市
就像格列柯一样

郊外开满了腥红的花朵
幽暗中的人弹着吉他
你摘下的珍珠耳环
在桌面上来回滚动

它们互相撞击的声音

微乎其微，就是罂粟

摇曳地开放，就是有人

再次拨响了幽暗的吉他

2015.5.19

——

埃尔·格列柯（El Greco，1541—1614），西班牙画家、雕塑家。

你为什么围绕着我旋转
——霍夫曼斯塔尔

亲爱的阳光，我的蝴蝶
你为什么围绕着我旋转
我的诗篇是马背上犹豫的盐粒
是旅途中沉默寡言的邮差

我认识的蓝色阴影
潜行在白色岩石的下方
海洋如同月光一样明亮
天堂总是不在上帝这一边

雨点带着雨的气息
不断折入过去，季节的
疾病在我的窗外忽热忽冷
紊乱的玻璃也是真理

我喜欢陈旧的照片
习惯在电影院里重温时间
如水的巴赫，如雪的肖邦
这忧愁，这米酒是同一种黑暗

琴键上的黑人看不见飞扬的尘土

失明的飞鸟历数芬芳

倾斜的光芒依然无法

越过黑夜缓缓苏醒

2011.2.14

——

胡戈·冯·霍夫曼斯塔尔（Hugo von Hofmannsthal，1874—1929），
奥地利诗人、作家。

黑暗中的花瓣上升得如此之快

黑暗中的花瓣上升得如此之快
越过我们的肩膀
越过我们的瞳仁
超过我们的预期
也超过我们的惊慌和忧虑

黑暗中的花瓣上升得如此之快
是因为无休无止的迷雾
还是因为此刻你握着我的手
是因为音乐中蕴藏着无法知晓的秘密
还是因为幸福的泪水无处不在

2011.8.9

我们不再谈论抑郁症

我们不再谈论抑郁症
不再谈论与我们无关的天气
天空中那些水泥般的灰色
那些纷纷坠落的死亡

你合上手提箱里的文件夹
无心点亮逐渐暗淡的日光
也没有折叠起角落里的床
无意回暖心里那条冰僵的狼

掉落的牙齿是无法修正的疾病
更是已经湿透了的幽灵
我们听之任之，让寒冷
弥漫，让透明的海水漫延

我睡去，你醒来。你的睫毛
听见海边树叶飘落的声音
那是另一个无法辨认的自己
还未出生就已离去

2014.12

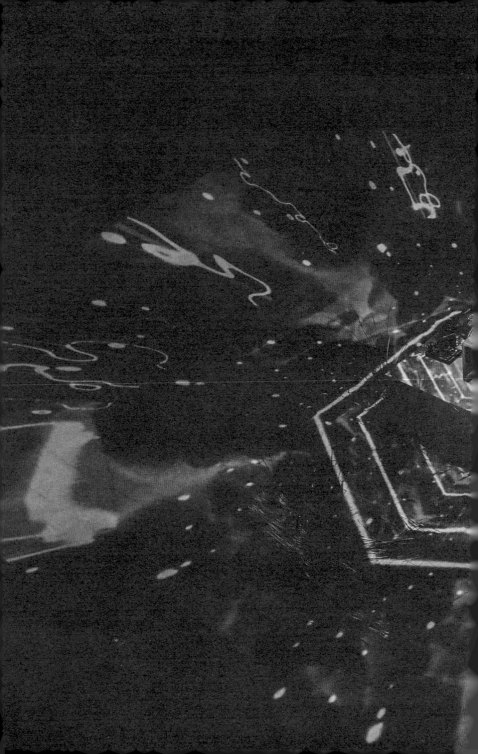

摄影：吴文涛

你对我说，怀念那些缓慢的旧日子

你对我说，怀念那些
缓慢的旧日子
同样缓慢的自行车
和漏水的手表

我们都是不合时宜的人，端着不合时宜的咖啡
这一杯敬卡洛琳，这一杯敬贫穷
这一杯敬神经错乱的季节
这一杯敬无休无止的雪
敬过时的窃听器
最后一杯敬我们自己
这些不合时宜的人

你该知道，我多么乐意想象你
在一个极其陌生的城市
耶路撒冷 马拉喀什 哈瓦那
或者那些我们都念不出地名的城市
好让我在走神的时候
在被雨淋湿的街道上
与你不期而遇

低温下的美

所以，给你写信停笔的时候

就是我一如既往地走神

我发送电子邮件的瞬间，就是

永无止境的暴风雨

终于停歇的时刻

2015

突　然

今天下午
巨大的海鸥
俯冲飞入步行街
发配到图书馆里的鱼
吃着水果

受伤的人抬着担架
走过街道

山坡上的雪入睡的时候
我们还醒着

今天下午
剿匪的夏天过去了

2015

物非物

起初，吸引我的某种物质
不是空白 也不是黑暗
而是回忆不起它的名字

望见某种不明气味的形状
听得见无声的哭泣
却再也无法看见隐匿的泪水

深夜走过无人的街道
却说不清
这是在哪一座城市

我回避着阴郁的部分 却陷入了
低温下的美
恒温下的罪

2017

阿肯的歌声

明亮的冬不拉
哀伤的霍布孜

阿肯的歌声
在特克斯河畔的草叶上
寻找闪亮的露水

燕隼去了，云还没来
骏马去了，风还没停

迷途的羊群在弓月道上
重逢无泪可流的故人

明亮的冬不拉
哀伤的霍布孜

阿肯的歌声
是那支越来越远的蜡烛
是那根越编越细的草绳

他们歌唱的是大雪纷飞

我听见的却是暴雨倾盆

2017.7

——

阿肯，哈萨克和吉尔吉斯对歌手的称谓。

诗人的任务，在佛蒙特仿罗伯特·勃莱

正午之前

黑狗从草地上跑过

乔治在收拾窗下的花卉

他的太太坐在树下的靠背椅上

脸颊一阵灼热

阳光透过树叶缝隙射来

草地忽明忽暗

是浮云经过的时刻

除草机的马达声

无端惊醒本地的精灵

不该写久未写出的诗

和当地有关的歌谣

而是要侧耳倾听

万里之外

铁器碎裂的声音

2018

晚年涂鸦

用坐标纸写信
给自己写信
给火焰写信
给宇航员写信
给不会回信的人写信

他们不说噪音 而关注寂静
不听惊雷 而只闻细雨
不问器官 只关心草木
不问生死 只专注僧侣
不问矿物 只关心哲学

为什么没有完成？
为什么要完成？
错误的不是城市 也不是国家
仅仅是夏末的尘埃
仅仅是暮色的峡谷
仅仅是被挥霍的天赋

2018

父亲，亲爱的彼岸

父亲，亲爱的彼岸
黑色的暴雪开始启航
卢瓦河谷的酒
还有第十二夜的邻邦

时间也有灰白的头发
海岸上的迷雾涌进灯塔
我看见了看不见的光芒，听见了
听不见的黑暗

此岸或更悲伤，我这正午的孤儿
也有灼热闪亮的羽毛
也会像伤心的姐妹一样
用风去挽起你的头发

2010

给彭波而十岁生日

十年前，你来到人间
十年后，你将长大成人

不管未来如何被巨大的荒谬环绕
你都会记得今天早晨
歌唱的鸟儿比你更早地醒来

这些不是意外，也不是巧合
只有那些无形之物和未知之事
才能为我们解释美和欢乐

2019.4

你偏爱冷僻的词语

你已经感觉不到痛了
你也已经感觉不到冷了

你开始偏爱冷僻的词语
偏爱低产，偏爱均速，

你偏爱气泡水
你偏爱旧书的气味
偏爱昏睡，而不是清醒

你偏爱用听不见的声音读一首诗
用铅笔在纸巾上写下难以辨认的字迹
就像无法复原的破碎梦境

你已经感觉不到痛了
你也已经感觉不到冷了

你偏爱的春天也有阵亡的花朵
它们延续了上一季的寒意

2020

现　在

你开车把两个孩子带离了
春天病房，卧榻上的我试图
透过雾霾去看花园
却看到一场紫色的天花

在那里，天真的蜘蛛
生生死死，默默无闻，欢爱不息
衰弱的妹妹将空了的水杯
最后放在草地上

杯子压弯青草
就像那些往事需要有人提起
才能忆及子弹
如何洞穿羚羊的身体

即将到来的五月
兀自在鱼缸深处
梦见雨中那些
远离首都的甘蔗

2016

卡托维茨的冬天

葬礼上下起了雨
悼念更缓慢了
小号手从小号里倒出更多的水
牧师和亡命徒的皮鞋
都陷在泥地里

冬天的第一个词是延迟
墓碑上找不到我的名字
我像 6 后面的 7
不是被处决，就是被渴死

我宁愿此刻已是世界末日

2007

恶作剧

这是两个
老死不相往来的仇敌
他们的诗集
却在书架上成为邻居

就像把他们紧挨着
葬在一起

2021.3.13

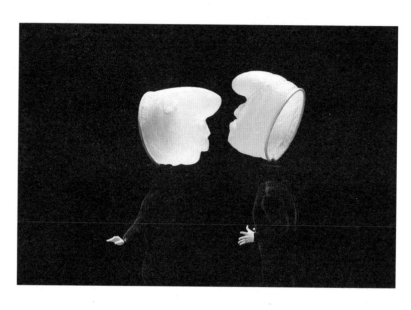

上海，2009

疾风改变了无香的芬芳

也改变了悲剧的方向

词 汇

——为听觉写的诗

遗失	意识	轶事
雨衣	语义	羽翼
入围	入微	入味
失忆	示意	失意
遇见	预检	预见
低压	抵押	低哑
书写	输血	速写
指明	殖民	致命
医嘱	遗嘱	易主
记忆	机翼	忌医
辅音	福音	付印
寒意	含意	汉译
鱼竿	预感	语感
皈依	诡异	归一
预言	预演	语言
子母	字母	字模
严格	阉割	演歌
珍惜	珍稀	枕席
身下	剩下	盛夏
渔夫	鱼腹	迂腐

可耻　可吃　客次
梳洗　熟悉　书系
低语　抵御　地狱

2021.3.25

爱情简史

你有时候需要生一场病
需要哭一哭 彻底哭出来
而不仅仅是
深夜里找人倾诉

你需要去潜水
去结识那些昼伏夜行的海盗
而不仅仅是待在旅馆的顶层
治疗久治不愈的失眠

你需要喜欢忧愁胜过喜悦
而不是在上海回到上海
你需要忘记吃药
只有在忘记的时候才会记得它

就像面对
猝不及防闪亮的灯塔

2021.5

俳句的阿司匹林

夜航

航空椅背后的电视屏幕上
只有一架飞机
在地球的表面缓慢地移动

而你就在这架飞机上

电梯

穿工装的男人提着斧子
走进电梯，站在你的背后
电梯下得太慢了

地图

即使再熟悉不过的祖国地图
如果标上异国的文字
也立刻变得陌生了

蚂蚁

屋顶上那只红色的蚂蚁
在写明信片
无人知道是否能够收到

故乡

衣衫褴褛的早晨
如此亲切
好似故乡

钥匙

找到了钥匙
却遗失了锁
春天先到了南方

大鸟告诉我的一则故事

失眠已久的戏剧导演
只有在剧场里
才能睡个好觉

夏天

一首诗重复着所有的诗
就像每一个秋天
都喜欢夏天的伤口

苹果

削完一只苹果
就听见远方的苹果树
轰然倒下的声音

2010—2021.6

尊敬的各位评委、各位来宾、各位老师同学：

晚上好！

我先为大家朗读一首诗人东荡子的《暮年》：

唱完最后一首歌

我就可以走了

我跟我的马，点了点头

拍了拍它颤动的肩膀

黄昏朝它的眼里奔来

犹如我的青春驰入湖底

我想我就要走了

大海为什么还不平息

三年前，东荡子因为心梗突然去世。今天我们聚集在这里，就是为了纪念这位优秀的诗人。

我也曾经被心梗击倒，不是一次，而是连续两次。第二次发病距离前一次只有一个月，八年前的一个深夜，胸口再次剧痛难忍，我只得打电话召来救护车。医护人员抬着我走出家门，透过树叶的缝隙看到微亮的天空，那是我从未见过的颜色。

我所在的心内科病房里，整天笑声不断，并不是这些病人天性乐观，而是疾病令他们发生了改变。一位七十多岁的病友第二天要进行手术，他在病房里踱着方步，喃喃地说着：我终于知道我会死在什么病上了。众人闻听大笑。

很多时候，我们不知道生命何时被中止，也不知道会被何种方式结束。我的病来自家族的遗传，我和我母亲有着一样的体质，同样的病，现在服用同样的药。躺在病床上寸步难移的时候，孤立无援被加倍放大，无奈远远多于恐惧，无奈甚至成了唯一的选项，也只有在此时，才真切地明白失败的含义。我面临的是一次突然的停止，刺痛以激烈的方式，闪电一样照亮全身，不听使唤的身体被迫滞留在本已存在的困境中，这双重的沦陷，就像一个隐喻。

几年以后，我来到圣彼得堡阿赫玛托娃故居博物馆楼下的布罗茨基纽约书房。书房保留了诗人去世时的样子，寂静的空气里回响着敲击打字机键盘的声音，落满灰尘的便笺、撕开的邮票、没有发出的信，最触目惊心的是柜子里还没吃完的药片。"一个整天胆战心惊的心脏病人——不管去了什么地方他总免不了在凌晨三点的一种绝对恐惧的状态中醒过来，觉得自己要驾鹤西去了。"布罗茨基就是在凌晨死于心梗，同样在凌晨死于心脏病的还有和布罗茨基过从甚密的奥登。我们也许并没有意识到，虽然在写作的同时，并没有重复前人的生活，但却无可避免地复制了同样的疾病，无可避免地不能免于同样的威胁和困境。

当我终于出院，走在街上的时候，即使看到垃圾，眼泪也几乎夺眶而出。生与死，让我更贴近幸福，而不是恐惧。在医院休养期间，我每天都会在附近的小公园走走看看，我看到了穿着同样病号服的病人，他们的脸上写满了要活下去的表情；我看到了那些用毛笔蘸水在公园地面上写字的人们，水迹在阳光与和风之中，很快消失殆尽。

疾病可以轻而易举地把我击倒、撕碎、捣烂，随时把我从这个世界带走。既然命运不让我就此告别，也许别有深意——在更重要的事情没有完成之前，我不会被允许离开。

我至今只有两本不厚的诗集，明显写得太少；但对于未来，却又写得太多。好在我已不会再纠结写或不写，写得好或不好。生活教育我慢下来，只把时间留给必须做的事情，诗歌是其中之一。

文学和诗歌的争论已经太多了。诗歌提供给人们什么？诗人还应该做些什么？我有理由质疑那些工匠式埋头写作的说法，写作必须是有效的，诗除了开拓和丰富语言的疆界，做出革命性贡献的同时，还要表达诸多不可言说之物，以及更多我们尚未知晓的东西，更要完成对人类情感的描述——不要忽略我们的软弱，回避我们的犹豫，如果还是小心翼翼地把疯狂掩盖起来，或者试图粗暴地去驯服情感，那就等于白白错过了生命的礼物，辜负了诗人的使命和职责。

如果东荡子，还有同样因病早逝的张枣、胡宽等人，如果他们死里逃生，他们的生活会怎样？他们的诗又会是什么样子？可以肯定的是，他们都会不同于以往。要知道，有过濒死体验的幸存者将会获得神秘的启示，以身体的疼痛改造精神的病症，并且将更无所畏惧。

一个可信赖的文学奖代表着评委的审美趣味和偏好，代表着对天赋才华的赞扬和肯定，当然也意味着偶然。今天颁发的东荡子奖并不是奖给我的，而是奖给了那些逝去的诗人，奖给了那些修正我们缺陷的疾病，奖给了那些在我困顿迷茫的时候爱我的人们，奖给了时间、创造力和生活的意义。

谢谢大家，
谢谢大家冬天仍然爱一个诗人。

2016 年 10 月 9 日

2002 年春天的一个下午，我接到一个长途电话，电话那头热情地自我介绍："我是林贤治，我编的一本诗选选了你的诗，我给你打电话，就是想听听你的声音。"

林贤治老师编的这本诗选收录了我十九首诗，数量仅次于诗人多多。一年后，林老师来信——他的信通常是写在出版社便签上的寥寥数语——说他正在编一套当代诗丛，希望我能够参加。我很快整理好了诗稿发去，但并没有抱太大的希望，之前要给我出诗集的出版社并不少，但最后都因为各种原因不了了之。

2005 年 1 月，林老师主编的"忍冬花诗丛"在花城出版社推出，第一辑有两位诗人——多多和我。《王寅诗选》是我的第一本诗集，也是我的第一本书，书出版的时候我已经四十三岁，比同龄诗人们出版第一本诗集的时间要晚很多。林老师后来说，你的诗集还是出得晚了。我对林老师唯有感谢，如果不是因为他，我的第一本书还会遥遥无期。

每次去广州，我都会和林老师饮茶聊天，听他追忆往昔旧事、臧否文坛现象，十分快意。林老师不仅是著作等身的批评家，他本人的轶闻趣事也堪称当代的《世说新语》。

由于出诗集难，我的第一本诗集变成三十年创作的选集，如此的好处是略过了出各种诗集，直接就成了一本诗选。我当时就想，以后再出书，就像《草叶集》，每出一次就是一次更新，在原有的版本上增补删减，砍去老枝、撕去树皮、抽出新芽。

我的好朋友彭伦平时专注于外国文学的引进和出版，在出版界声誉卓著，虽然出版诗集并不在他的视野之内，但他一直关心我的诗集再版，提供了不可多得的专业支持。我的第二本诗集《灰光灯》在华东师范大学出版社出版，就是彭伦的引荐，由此结识了许静和陈斌，他们的职业精神和专业素养，使得合作极其愉快。《灰光灯》的装帧设计也是我所有书中最满意的一本。

《王寅诗选》里创作时间最早的诗写于 1981 年。但是，我的写诗经历要追溯到我的小学时代，当时所能读到的都是古典诗词，所以最初写的都是古体诗。直到中学，我才开始写现代诗。进入大学之后，阅读和写作更为疯狂，一天写数首诗是家常便饭。图书馆和几个期刊阅览室是最经常去的地方，借书证写满了，只得在原有的借书证上又加订了两本，由于和图书馆的工作人员熟悉了，每次都会借上十几本，到毕业时，我的借书证已经是厚厚一叠。

福州路山东路转角处的上海书店二楼经常出售私印的港台版外国文学书籍，封面一律做成简朴、低调的模样，陈映真主编的远景版《诺贝尔文学奖全集》就是在那里觅到的，简直如获至宝。多年后，我在采访陈映真时，还向他当面致谢。我的大学同学陈东东在福州路淘到 1959 年出版的巴勃罗·聂鲁达的《葡萄园和风》，薄薄的诗集，淡绿色封面，他特地买了两本，把其中一本送给了我。

1986年冬天，我去兰州出差，特地去《飞天》编辑部看望了诗歌编辑张书绅。我的处女作当年就发表在《飞天》杂志的"大学生诗苑"上，很多后来成名的诗人都经张书绅之手在《飞天》发表过作品。张书绅每信必回，而且他的回信永远用铅笔写在杂志社小小的便笺上。

在不知投了多少次稿之后，终于有一天，我收到的不再是退稿信，而是刊用通知。《飞天》1983年10月号发表了我的两首短诗《面对青草》和《非洲》，收到14元稿费后，就请好友们去徐家汇的新利查吃了一顿西餐（这家西餐厅居然还在），给女朋友买了一只网球拍（因为吃饭后余下的钱只够买一只）。当时尚未谋面的封新城等兰州大学学生正在《飞天》实习，他们说服张书绅发表了我的成名作《想起一部捷克电影但想不起片名》。我获得的第一个诗歌奖，也是《飞天》颁发的——《华尔特·惠特曼》获得《飞天》1985年优秀诗歌奖。

2018年夏天，应斯洛文尼亚诗人阿莱士·斯蒂格（Aleš Šteger）的邀请，我参加了诗和酒的诗歌节。诗人们坐大巴从卢布尔雅那去马里博尔，在途中的服务区停车休息时，一个中年人跑过来问：王寅，你还记得我吗？我打量着他，似曾相识，但想不起来在哪里见过。他提醒说：卡托维茨。

我立刻想起 2005 年冬天，我和诗人、摄影家朱浩应邀前往波兰卡托维茨参加西里西亚艺术节，艺术节的接待人员中就有他，这位波兰青年诗人和我们相伴多日，只是他已经由瘦削的青年发福成了中年人，以至于我一下子没认出了来。他接着问：你收到我给你寄的诗集了吗？我说没有。他说：太遗憾了，诗集里不仅有诗，还有你的摄影，装帧设计很漂亮。他表示，回去就寄。这本诗集的事情过去太久，如果不是他的提醒，我早已忘记。

回到上海，我给这位波兰诗人写了好几封邮件，均无回音。带着好奇心，我上网查了一下这本诗集的信息，果然有，精装本的小书，从封面到内文，装帧设计都十分简洁，是一本别致的诗集。我联系上了诗集的译者沙宁（Jarosław Zawadzki），他说记得此事，但是出版社没有给他诗集，他自己在二手书网站上买了一本。我一直以为 2014 年出版的法文诗集是我的第一本外文诗集，没想到 2009 年出版的这本波兰语诗集才是，原来还有尚未认领、仍在海外漂泊的孤儿。以后有机会要再去一次卡托维茨。

2018 年夏天，我在马赛驻留，闲来常去马赛国际诗歌中心（CIPM）看书。诗歌中心所在地的前身是一处疯人院，现在这里是欧洲最大的诗歌中心。我被诗歌中心阅览室里的各种设计和造型叹为观止的手工书深深迷住了，暗自寻思，什么时候我也能有一本从内容到形式都十分别致的诗集呢？

一年后，美籍古巴诗人维克多·努涅斯（Victor Rodriguez Nunez）在上海时，送给我一本他的新书，这是一本手工诗集，绘制、装帧、装订都出自古巴艺术家之手，由于是手工制作，每一本都是独一无二的，他送我的这本编号第93号，看得我好生羡慕。维克多正在张罗出版我的西班牙语诗集，他问我，你想要200册手工书，还是2000册印刷体的书？我几乎不假思索地回答：当然是手工书。谁能抵御这样的诱惑？何况是古巴艺术家的手工制作。可惜由于疫情，这本诗集的出版延迟了。

2019年5月，我在上海1862时尚艺术中心策划了三场"诗歌音乐剧场"，邀请了9个国家的20多位诗人和音乐家一起演出。有很多朋友去看了现场，其中就有许静和陈斌，他们也是极少数看到全部三场演出的朋友，即使是我自己，因为参加第二场演出，身在侧台，也没能看到完整的呈现。

在准备推出我的第三本诗集时，许静原来设想做一本有声书，后来，她建议把我诗歌文本之外、围绕诗歌展开和进行的艺术实践也都收录在书里，包括我的摄影、我策划的"诗歌音乐剧场"的演出、诗歌来到美术馆，等等，我们一拍即合，于是有了这本多维度的立体诗集。感谢许静、陈斌、彭伦的创意，感谢姚荣精妙的装帧设计。这样的书放在马赛国际诗歌中心的书架上一点也不逊色。

从《王寅诗选》到《低温下的美》，我经历了人生中许多重要的变故，我把《低温下的美》扉页上的题赠献给我的母亲，因为她已经看不到这本书了。《王寅诗选》出版之后，我把书给父母送去，他们比我还要高兴，母亲执意要我在扉页签名，她说：不然别人还以为是我们自己去买的。两年前的一天深夜，父亲来电，告知母亲刚刚在平静中去世。母亲终于得以从多年的病痛中解脱。远在异国的我为疫情所阻，无法赶回送母亲最后一程，实为莫大的遗憾。

昨天看完本书的校样，我像往常一样去深圳湾骑车，成千上百只大雁浩浩荡荡从海湾上空掠过，向北而去。时间从来只和时间作对，冬去春来，我的心如候鸟，业已飞去。

王寅

2022 年 2 月 11 日，深圳蛇口望海楼